Bilder der Bibel 3

Emil Maier-F.

Der große Tag eines kleinen Mannes

mit einer Erzählhilfe
von Magdalena Spiegel

Saatkorn-Verlag GmbH, Hamburg

Der große Tag eines kleinen Mannes
Saatkorn-Verlag GmbH, Grindelberg 13—17
2000 Hamburg 13
Verlagsarchiv-Nr. 594 1083
ISBN-Nr. 387 6899702
Zeichnungen: Emil Maier-F.
Printed in Germany

Jesus und seine Jünger sind auf dem Weg zu den Menschen.

In der Ferne sehen sie die Stadt Jericho.
In dieser Stadt wohnt Zachäus.

Zachäus ist Oberzöllner
und sehr reich. Er sitzt
am Stadttor und kassiert
Steuergeld für die Römer.
Davon darf er etwas
für sich behalten.
Er behält aber viel für sich.
Deshalb mögen die
Leute Zachäus nicht.

Jesus spricht zu den Menschen aus Jericho. Zachäus möchte auch gern Jesus sehen. Aber er ist zu klein. Er kann nicht über die Menge hinweggucken.

Da läuft er zu einem Feigenbaum.
An dem muß Jesus vorbeikommen.

Die Äste des Baumes reichen tief hinab.
So kann Zachäus gut hinaufklettern.

Jesus kommt an
dem Baum vorbei. Er bleibt
stehen. Jesus schaut
hinauf und sagt: »Zachäus,
komm schnell herunter.
Ich möchte heute bei dir
in deinem Hause essen.«

Zachäus steigt eilig vom Baum herab.
Voll Freude führt er Jesus mit den Jüngern zu seinem Haus.

Vor dem Essen wäscht
Zachäus seinem Gast
Jesus die Füße.

Dann setzen sich alle zum Essen. Sie halten ein richtiges Festmahl. Alle sind froh.
Am glücklichsten ist Zachäus.

Die Leute von Jericho aber
sind empört: »Jesus besucht
gerade diesen Mann!
Zachäus betrügt uns doch,
wenn wir die Steuern zahlen.«

Jesus sieht Zachäus sehr lieb an. Zachäus ist
dankbar und sagt: »Herr, die Hälfte von meinem
Geld will ich den Armen geben, und wenn ich
jemandem zu viel abgenommen habe,
gebe ich ihm viermal so viel wieder.«

Jesus sagt: »Ich habe dich gefunden und
glücklich gemacht. Heute ist Gottes Liebe in dein
Haus gekommen. Auch du, Zachäus,
bist ein Kind Gottes.«

Zachäus hält, was er Jesus versprochen hat.

**Für Eltern und Erzieher
zum Umgang mit diesem Bilderbuch**

Bevor wir dieses Bilderbuch mit unseren Kindern anschauen und ihnen die biblische Geschichte erzählen, werden wir uns selbst – wie bei allen sonstigen Bilderbüchern auch – mit dem Inhalt und der Absicht des Buches auseinandersetzen. Dies ist unabdingbar. Zunächst lesen wir den Bibeltext, wie er hier angegeben ist, oder wir schauen in die Bibel, um auch den Gesamtzusammenhang, in dem dieser Text steht, zu erfassen. Nun wird man diese Worte auf sich einwirken lassen, bedenken, hinhorchen, sie ›im Herzen bewegen‹. Erst wenn wir einen Zugang zu dieser Botschaft gefunden haben oder wenn sie in uns vertieft oder gleichsam neu geworden ist, vermögen wir sie den Kindern nahezubringen. Dann können wir unser Ziel erreichen, den Kindern für jetzige oder künftige Situationen Vertrauen, Liebe und Hoffnung zuzusprechen.
Die Hinführung der Kinder zu dem biblischen Geschehen kann man auf zweierlei Weise vollziehen. Die erste, bessere ist es, dem Kind die Geschichte zu erzählen. Dabei halten wir uns an den Text und entfalten diesen zum besseren Verständnis des Kindes. Hierbei sind wir ganz auf das Kind hin orientiert und haben Blickkontakt mit ihm. Wir spüren Verstehensschwierigkeiten und können diese durch Wiederholungen oder Erweitern des Textes lösen, ohne dabei in moralisierende oder psychologisierende Deutungen zu verfallen. Das Kind lauscht unserer Erzählung; seine Phantasie und Kreativität wird angeregt, und es »bildert« sich die Geschichte ein. Danach erst wird es die Bilder des Buches betrachten, sie erkennen, dazu erzählen und später den kurzen Buchtext vorgelesen bekommen oder selbst lesen.
Die zweite, erarbeitende Möglichkeit wendet sich sofort dem Buche zu. Die Bilder werden als Impuls gezeigt, und die Kinder äußern sich spontan dazu, nennen ihre Vermutungen, die dann von den Eltern, Erziehern ergänzt und weitergeführt werden. Die Kinder sollen hierbei möglichst viel selbst herausfinden und zu erklären versuchen. Dazu kann der Text des Bilderbuches gesprochen werden.

Man kann sich aber auch vom vorgegebenen Text freimachen.
Bei beiden Methoden sollte mit dem Erzählen und Betrachten des biblischen Bilderbuches die Geschichte nicht abgeschlossen sein. Gespräche, Malen, Spiel mit verteilten Rollen, Singen oder ein Gebet vertiefen das Gehörte und Geschaute beim Kind und lassen es mit seinem eigenen Leben in Verbindung bringen.

Jesus im Haus des Zöllners Zachäus
Lukas 19,1–10

Dann kam er nach Jericho und ging durch die Stadt. Dort wohnte ein Mann namens Zachäus; er war der oberste Zollpächter und war sehr reich. Er wollte gern sehen, wer dieser Jesus sei, doch die Menschenmenge versperrte ihm die Sicht; denn er war klein. Darum lief er voraus und stieg auf einen Maulbeerfeigenbaum, um Jesus zu sehen, der dort vorbeikommen mußte. Als Jesus an die Stelle kam, schaute er hinauf und sagte zu ihm: Zachäus, komm schnell herunter! Denn ich muß heute in deinem Haus zu Gast sein. Da stieg er schnell herunter und nahm Jesus freudig bei sich auf. Als die Leute das sahen, empörten sie sich und sagten: Er ist bei einem Sünder eingekehrt. Zachäus aber wandte sich an den Herrn und sagte: Herr, die Hälfte meines Vermögens will ich den Armen geben, und wenn ich von jemand zu viel gefordert habe, gebe ich ihm das Vierfache zurück. Da sagte Jesus zu ihm: Heute ist diesem Haus das Heil geschenkt worden, weil auch dieser Mann ein Sohn Abrahams ist. Denn der Menschensohn ist gekommen, um zu suchen und zu retten, was verloren ist.

Worum geht es in dieser Geschichte?

Das neutestamentliche Jericho war ein wichtiger Grenzort mit einem Zollamt. Die Zöllner waren Privatpersonen, die das Recht zum Einzug von Steuern und Zöllen von Rom gepachtet hatten. Sie mußten beim Staat eine festgelegte Summe abliefern, die sie dann vom jüdischen Volk wieder hereinholten. Der Oberzöllner war gewissermaßen der Leiter des Zollamtes, der Zöllner unter sich hatte, die ihm halfen, die Gelder einzutreiben. Bei diesem System arbeitete jeder kräftig in seine eigene Tasche. Wegen dieser Praktiken und des oft damit verbundenen betrügerischen Verhaltens waren die Zöllner bei den Juden verachtet. Sie standen außerhalb des Volkes und wurden mit den Sündern gleichgestellt. Der Umgang mit ihnen war ein Ärgernis, erregte öffentlichen Anstoß.

Als Jesus in die Stadt Jericho kommt, macht dem Oberzöllner Zachäus niemand von den Leuten Platz. Er, der kleine Mann, hat keine Aussicht, er kann Jesus nicht sehen. Ein fremdes Haus mag er nicht betreten, so muß er als Ausweg auf einen Baum klettern. Hier sieht ihn Jesus; er gewährt ihm ein Ansehen: er ruft ihn bei seinem Namen. Er geht zu ihm und hält Mahl mit ihm. Das hat bei den Juden eine besondere Bedeutung. Mahlgemeinschaft ist Zeichen für das Gottesreich, für die zukünftige Heilszeit. Vor dem Mahle wurden in Israel den geladenen Gästen von einem Diener – dem letzten und geringsten – die Füße gewaschen. Die Begegnung mit Jesus wandelt den Zachäus innerlich um. Er ist bereit, Buße zu tun und das unrecht erworbene Gut zurückzuerstatten. Die Wiedergutmachung, die er verspricht, geht über das vom Gesetz Geforderte weit hinaus. Die Antwort Jesu richtet sich an die Murrenden, die Frommen, die ihm die Einkehr bei dem Zöllner, dem offenkundigen Sünder, übelnehmen. Sie rechtfertigt seinen Besuch. Er ist bei Zachäus eingekehrt, weil auch dieser ein Nachkomme Abrahams ist und zu Israel, zum Volke Gottes, gehört. Das ist die Sendung Jesu, des Menschensohnes, besonders den Verlorenen und Ausgestoßenen nachzugehen und sie heimzuholen in das Reich seines Vaters.

Diese Geschichte beeindruckt das Kind. Sie gewährt ihm vielfältige Möglichkeiten der Identifikation. Am ehesten wird es sich mit dem kleinen Zachäus solidarisieren, der nicht über die Köpfe der anderen hinwegsehen kann. Auch das Kind möchte oft etwas mitbekommen, aber die ›Großen‹ geben ihm keinen Einblick, sie bilden eine Mauer. Sie lassen es nicht teilnehmen an dem, was es interessiert, ihm wichtig ist. Zachäus schämt sich nicht seiner Kleinheit, er arbeitet sogar mit ihr. Er macht sich noch kleiner und klettert wie ein kleiner Junge auf den Baum. So gewinnt er Aussicht. Hier erblickt ihn Jesus.

Zachäus ist nicht nur klein, sondern auch ein Außenseiter, einer, den niemand mag, der keine Freunde hat. Jesus aber schaut Zachäus an. Er sieht dessen Not und Alleingelassensein. Er schenkt ihm Beachtung, die Achtung und das Ansehen, das ihm seine Mitmenschen vorenthalten: ›Ich komme zu dir nach Haus.‹ Haus bedeutet hier viel. ›Ich komme zu dir, in deine vier Wände, in deine Familie, nicht in dein Büro.‹ Jesus fragt nicht, ob Zachäus verschuldet oder unverschuldet in diese Situation der Isolation geraten ist. Er handelt sofort, ohne Vorbedingungen zu stellen und Absichtserklärungen zu verlangen. Er schiebt sein Kommen nicht auf die lange Bank und vertröstet Zachäus nicht, weil ihm andere Dinge wichtiger erscheinen. Er sagt: **Heute** komme ich.

Und die anderen? Die ›großen‹ Leute von Jericho verstehen Jesus nicht. Warum kommt er nicht zu uns? Wir sind doch gut und anständig. Wir sind doch besser als Zachäus, der uns viel mehr Geld abgenommen hat, als er darf. Wir haben uns vorbereitet auf den Besuch, und nun kommt er nicht zu uns.

Um diese Geschichte nicht ins Klischeehafte abgleiten zu lassen, bedarf sie des vorbereitenden und nachfolgenden Gespräches und Spieles. Wir werden die Kinder anleiten, andere bewußt zu sehen und sensibel zu werden für das, was diese fühlen. Dieses Wahrnehmungsvermögen kann z. B. durch das Betrachten von Photos geschult werden. Hier geht es nicht mehr um schön oder häßlich, sondern um die Gefühle dieses Menschen. Was sagt sein Gesichtsausdruck? Was will er mit seinen Gesten ausdrücken?

Wenn es um das Außenseiterproblem geht, muß man sehr behutsam sein. Leicht wird ein Kind in dieser Rolle fixiert. Lassen wir die Geschichte sprechen. Sie erzieht auf diskrete Weise.

Wir müssen versuchen, durch unser Handeln in die Nähe des Tuns von Jesus zu gelangen, der besonders für die Einsamen und Verstoßenen gekommen ist und sie froh machen will. Wie oft stoßen auch wir jemanden zurück oder verstoßen ihn! Wir sollen offen sein für den Außenseiter, uns ihm zuwenden, ihn anschauen, erspüren, was er fühlt und ihn zum Mittun bringen. Wer sich als Ausgestoßener fühlt, darf nicht in der Isolation stehenbleiben, er muß aktiv werden, Mauern übersteigen, muß sich ansprechen lassen, reagieren. Dann ist auch bei ihm Verhaltensänderung möglich.